AF404735

H. DE PARÉMONT.

FEUILLES MORTES.

RENNES,

TYPOGRAPHIE CATEL, RUE IMPÉRIALE, 8.

1858.

ANNA.

—

Sa robe d'indienne attachée à sa hanche,
J'aime à la voir passer, le soir, joyeuse et blanche;
J'aime à la voir courir, dans les douces saisons,
Avec son petit frère et les petits garçons;
J'aime à la voir gronder et faire la maman
Et donner de grands airs à son minois d'enfant.

Large chapeau de paille blanche
Pour courir les champs tous les jours,
Dentelle blanche le dimanche,
Voilà, je crois, tous ses atours;
Avec des fleurs que la coquette
Va quelquefois cueillir aux champs :
C'est Anna, toute gentillette
Et toute blonde, à ses sept ans.

Mon Dieu! garde-là sous ton aile!
Pitié! car l'enfant grandira.
Oh! toujours veille bien sur elle!
Garde bien la petite Anna.
Le monde, hélas! a tant de choses
Pour tromper ces pauvres enfants;
Tant de souffles fanent de roses
Et de fleurs, pendant le printemps !

LA PETITE FILLE MOURANTE.

—

Oh ! vois le beau soleil ! ouvre un peu la fenêtre....
Je veux le voir. Demain si je mourais.... peut-être !
Je veux voir dans le ciel les nuages courir.
Ouvre, veux-tu, maman, pour que j'entende encore
Tous les petits oiseaux chanter la belle aurore :
Oh ! n'est-ce pas, dis-moi, je ne vais pas mourir ?
. . . .
Et l'enfant à son cou s'enlaçait pour dormir.

Moi, je suis si petite ! et puis dans ta prière,
Tu dis : — « Seigneur, gardez l'enfant avec la mère. »
Tu sais bien tous les soirs avant de me couvrir ;
Avant qu'auprès du lit la lampe soit éteinte,
Et que tu m'aies baisé mes petites mains jointes.
Dis, n'est-ce pas, maman, je ne vais pas mourir ?
. . . .
Et l'enfant à son cou s'enlaçait pour dormir.

— Je ne vais pas mourir, oh ! non, c'est impossible !
Si petite.... mourir ! sais-tu que c'est horrible !
. . . . Dieu, le jour va venir....
. . . . Ce soleil me fait mal.... ferme un peu cette porte....
Non,.... laisse-moi le voir ! Demain.... si je suis morte....
Mon Dieu ! comme j'ai froid........ si je pouvais dormir !
. . . .
Et l'enfant cette fois s'enlaça pour... mourir.

———

MON RÊVE.

—

Ah ! puisqu'il est si beau mon rêve...
Pourquoi ne le garder long-temps ?
L'ange a son aile qui l'élève
Vers les palais éblouissants ;
La fleur a sa brise embaumée
Qui la fleurit sous le ciel bleu.
Moi...... je rêve une femme aimée....
Est-ce donc mal d'aimer un peu ?

PARIS.

—

Paris !... Paris..... la ville immense, magnifique !
Oh ! comme je te hais belle cité antique !
Je sais , — tes grands palais sont beaux, tes temples saints.
Les peuples te saluent, d'en bas, comme une idole,
Le monde monte à toi comme au vieux Capitole
       Montaient les vieux Romains.

Mais que me font à moi, temples, palais, statues ?
Que me font sur mon front tes deux mains étendues ?
En est-on plus heureux ? en est-on moins mauvais ?
Voit-on moins de douleurs, de luxures, de haines,
De vices éhontés, de misères humaines ?.....
       Le mal régna-t-il mieux jamais ?

Partout tu jettes l'or , insensée, affolie ;
Travailleuse, jamais ton œuvre n'est finie ;
Tu poursuis dans le vide un but en vain rêvé :
Tu ne sais pas qu'on peut en un jour de colère
Remuer tout cela comme des tas de pierres
       Avec du fer ou du pavé.

—

SOUVENIR.

—

A Mme ***.

—

Vous ressouvenez-vous des jours de notre enfance?
Nous avions le même âge et la même innocence ;
Une pensée, un rien... étaient tout un bonheur !
Et Dieu nous conduisait dans un monde enchanteur,
Dans un monde charmant, où fraîches, fortunées,
S'unissaient en jouant nos premières années, .
Où nos anges du ciel nous tenant par les mains,
Semaient pour nos doux pieds des fleurs sur nos chemins !
Vous ressouvenez-vous?... Vie sainte, vie heureuse!...
L'école où l'on allait, l'école si joyeuse,
Le petit compagnon que l'on aimait le mieux,
Le livre qu'on lisait, le maître sérieux,
Les pleurs vîte apaisés, les belles récompenses,
Tous nos bons souvenirs, toutes nos innocences....
Le jardin qu'on faisait, qu'on défaisait cent fois,
Le sentier qu'on aimait, bien loin, au fond du bois ;
L'été : les nids, les fleurs, les foins plein les prairies ;
L'hiver : au coin du feu, les longues causeries ;
Nos mères qui baisaient, le soir, nos jeunes fronts ;
Nos anges qui venaient nous voir quand nous dormions...
. . . .

Puis se sont envolés ces bonheurs du jeune âge :
Tous deux, nous avons fait notre pèlerinage ;
Car la vie, voyez-vous, est un chemin montant
Où l'on marche bien las et bien péniblement.

Vous, — encor tout enfant, vous vîtes votre mère
Mourir, et puis vos sœurs, puis après votre père.
La mort vous laissa seule, comme si dans les cieux
Ils n'eussent point gardé votre place auprès d'eux,
Ou comme si leur âme, en quittant cette terre,
Au lieu qui purifie eût besoin de prière !
Moi, — comme vous joyeux, comme vous tout enfant,
Ma mère est morte aussi, mon Dieu ! je l'aimais tant !...
Et sur son lit de mort, ses deux mains défaillantes,
Pour les presser encor cherchaient mes mains absentes....
Et quand on l'enterra... derrière le convoi
De tous ceux qui l'aimaient il ne manquait que moi.

Et le malheur passait sur nos jeunes années ;
Et Dieu nous envoyait les mêmes destinées,
Comme si, frère et sœur par l'âge et l'amitié,
Tous deux au même but il nous eût envoyé.

AUX MÈRES.

Mères, — Quand vos enfants assis sur vos genoux,
Tous joyeux dans vos bras jouent et rient avec vous ;
Quand leurs petites mains à vos cous enlacées
Ne veulent point quitter vos têtes embrassées ;
Quand ils vous ont bien ri...... ou déjà sérieux,
Fais rêver bien long-temps avec leurs grands yeux bleus....

. . . ., . . .

C'est le secret de Dieu. — Mais Dieu veut qu'on espère !
Dieu sait bien tout l'amour qu'a le cœur d'une mère ;
     Dieu sait bien qu'ici-bas,
Si nos ailes, plus tard, touchent à bien des fanges,
S'il est bien des démons, il est aussi des anges
     Qui ne nous quittent pas.

Bénis soient les enfants ! — Heureuses soient les mères !
Heureux ceux qui les voient à côté d'eux grandir !
Les enfants sous nos toits sont comme des prières ;
Mères.... quand ils sont là, Dieu ne peut point punir.

LE BAL.

Or, pendant qu'ils dansaient l'autre nuit sous les feuilles,
A cette heure d'amour, heure où tu te recueilles
Pour offrir à ton Dieu le sommeil de ta nuit,
Heure où tu crois parfois voir glisser sous tes franges
Avant de t'endormir comme des ailes d'anges
     Qui volent sur ton lit ;

Or, à cette heure là, des femmes demi-nues
Aux bras de leurs danseurs doucement suspendues
    Pressaient le pas joyeux ;
La valse tournoyait au travers des lumières
Comme des papillons aux fraîcheurs printanières
    Dans les rayons des cieux.

Oh ! j'aime tant du bal les sales étoilées !
Oh ! j'aime tant à voir dans la valse envolées
    Les danseuses en blanc ;
Le bruit joyeux des pas au bruit des voix mêlées
D'illusions d'amour, de chimères ailées,
    Me fait rêver souvent.

Or, les groupes dansants emplissaient les charmilles,
Et l'on n'entendait plus que voix de jeunes filles,
Qu'amour, chansons et bruit.........................
. . . .
. . . .

Mais voilà que soudain les pas se ralentirent ;
Dans les feuilles, partout, les flambeaux s'éteignirent.....
On entendit des pas circuler tout autour.....
Je ne sais quoi d'étrange erra sous les feuillées,
Les hommes emportaient les femmes effrayées !
. . . .

L'oiseau joyeux des toits chanta son chant d'amour ;
Le soleil se levait au ciel : — c'était l'aurore ;
Ma chambre et tout Paris étaient muets encore :
Tout était comme hier, mon livre inachevé,
Sur ma table, à côté, de vieux vers à transcrire ;
C'est alors, mon ami, que j'ai voulu t'écrire
    Ce que j'avais rêvé.

LUI ET MOI.

—

LUI.

Dieu t'a dit de chanter ; chante ta poésie.....
Donne à ton vers plus plein l'allure du génie ;
Tu chantais les oiseaux et le ciel ; — chante encore !

MOI.

Je ne chanterai pas : c'est chanter pour de l'or.

LUI.

Mais le ciel t'a donné le vers dans la parole.
Chante pour le public :

MOI.

C'est chanter pour l'idole.

LUI.

Qu'importe ? élève-toi.

MOI.

C'est descendre trop bas.

LUI.

Que te fais de chanter ?

MOI.

Ma voix ne pourrait pas.

LUI.

Et tu crois faible enfant que Dieu t'a fais poëte ?

MOI.

Les oiseaux chantent-ils jamais dans la tempête ?
Il leur faut les parfums, l'air frais et le ciel pur ;
Ils ne chanteront pas si le ciel n'est d'azur :
Un seul ouvre à l'éclair sa paupière éblouie....

LUI.

Il brave l'ouragan......

MOI.

Chaque être a son génie.
Moi, je n'ai rien de l'aigle dans la voix ;
Moi, je ne chante pas comme les oiseaux rois !
Vous ne savez donc pas qu'il faudrait pour mes ailes
Que quelques vents de foudre aient joués avec elles.

LUI.

Mais si tu t'élançais dans l'horizon, là-bas.....

MOI.

Trop petit pour tant d'air je n'y volerais pas.
Je n'ai joué jamais encor qu'avec les roses ;
Qu'avec les vents du soir sous les feuilles écloses.

LUI.

Mais avec ces fadeurs que veux-tu faire un jour ?
Que te reviendra-t-il de tous tes chants d'amour ?
Crois-tu que le public affadé par tes rimes
Donnerait un denier de tes choses intimes ?
Le public aujourd'hui vit peu de sentiment,
Et puis, que lui feraient ces amours d'un enfant ?

MOI.

Vous croyez.... mais alors......

Et je baissai la tête,
Un nuage passait dans mon ciel de poëte.

———

Voilà que le vent souffle et que la terre est nue ;
Que le soleil frileux s'est caché dans la nue ;
Que le jour est tout obscurci ;
Que les petits enfants vont mendier aux portes ;
Voilà que tout s'endort... et que les fleurs sont mortes...
Si je pouvais mourir aussi.

———

TABLE.

FEUILLES MORTES.

H. DE FARÉMONT.

___

FEUILLES MORTES.

RENNES,

TYPOGRAPHIE OBERTHUR, RUE IMPÉRIALE, 8.

___

1858.

Avant-Propos.

Je ne mettrai point de préface à si pauvre chose. Je dirai seulement que j'ai fait ces vers enfant, qu'ils sont mauvais, que je ne les crois bons à rien.

On me pardonnera de les aimer : ils m'ont fait heureux !

RETOUR A DIEU.

—

Non, je n'ai point, Seigneur, imploré ta justice !
Et si mes cris parfois sont montés jusqu'à toi,
Si de ma lèvre en feu repoussant le calice,
Fatigué de souffrir, j'ai blasphémé ta loi...

Oh ! c'est qu'alors mon cœur, dans son ardent délire,
Aurait voulu briser ton immuable frein ;
C'est que j'avais deux voix, « T'aimer et te maudire, »
Qui soulevaient mon âme et criaient dans mon sein.

Je n'aimais plus, hélas ! mais j'espérais encore.
Oui, Dieu si plein d'amour, j'attendais ta bonté,
Et je rêvais parfois la douce et belle aurore
Où je pourrais enfin contempler ta beauté.

Bien jeune, fatigué d'une vaine existence,
Altéré de bonheur, d'espérance et de foi,
Je te cherchais, mon Dieu ; mais ta toute-puissance
Ne daignait point encor descendre jusqu'a moi.

J'ai reconnu, mon Dieu, que ce n'était qu'un rêve
Que tous ces vains plaisirs que je désirais tant ;
Un songe d'une nuit que le matin enlève,
Un zéphir embaumé qui caresse un instant.

Ecarte donc de moi cette joie éphémère ;
Son ivresse d'un jour ne peut remplir mon cœur !
Je ne veux point, Seigneur, du bonheur de la terre :
L'homme pour s'agrandir a besoin de douleur.

Et moi, je veux grandir à l'ombre de ton aile,
Semblable en cette vie aux tendres passereaux
Qui, s'échauffant la nuit sous l'aile maternelle,
S'envolent au matin plus légers et plus beaux.

Je veux grandir, non pas comme l'entend le monde,
En suivant mes penchants, en me faisant un nom ;
Non pas en me vautrant dans cette fange immonde
Où toujours se dégrade et l'âme et la raison ;

Non. J'ai besoin d'amour, d'éternité, d'espace ;
Ce monde d'ici-bas est trop petit pour moi :
Sur ce limon fangeux, tout disparaît et passe,
Et je suis immortel, immortel comme toi !

MA MÈRE.

—

La nuit, la nuit pieuse, — où partout dans l'église
Les cierges allumés dorent la voûte grise ;
Où, près du saint autel le prêtre prosterné
Fait adorer au peuple un enfant nouveau-né ;
Cette même nuit-là, pâle et presque expirante
Une femme échauffait, sous sa lèvre mourante,
Un tout petit enfant, faible, débile et nu,
Que sur son lit, près d'elle, on avait étendu....

. . . .

. . . .

Afin qu'elle le vît, afin qu'il eût moins froid !
— Elle, c'était sa mère ; — et l'enfant, c'était moi.
J'ai marché quelque temps dans la vie auprès d'elle ;
Mais l'âme a son essor comme l'oiseau son aile.
Un jour, que l'air était plein de douces senteurs,
— Au mois où les oiseaux viennent avec les fleurs,
Où l'on voit s'enlacer les rosiers sur la porte,
On me dit ce jour-là que ma mère était morte.
Les feuilles verdissaient, le beau printemps venait,
Tous les oiseaux chantaient...... et ma mère mourait !

Ma mère elle est là-bas, là-bas sur la colline,
Sous le tertre de fleurs où l'églantier s'incline ;
    Sous les cyprès touffus,
Elle ne viendra plus s'asseoir sous le vieux hêtre ;
Ni rêveuse écouter, le soir, à la fenêtre
    Les sons de l'Angelus.

———

MON VALLON.

Il est près d'un ruisseau, non loin du vieux collége,
Sous des buissons fleuris et blancs comme la neige,
    Un tout petit vallon.
On voit de loin en loin l'églantine isolée ;
Sous une haie en fleurs, une petite allée
    Conduit à mon banc de gazon.

Plus de bruits du dehors, plus de voix enfantine,
On n'entend que l'oiseau chanter sous l'aubépine
    Ses premiers chants d'amour ;
On n'entend que le bruit du feuillage sur l'onde,
Ou bien le cor lointain comme un écho du monde
Que mon vallon répète aux vallons d'alentour.

Voilà ce qu'on entend, le soir, tous les dimanches,
Dans mon petit vallon, sous mes épines blanches,
    Au bord de l'eau.

ESPOIR EN DIEU.

—

Puisqu'ici bas, ami, tout souffre et tout espère,
Puisque l'oiseau du ciel espère le ciel bleu,
Le buisson, sa verdure et sa fleur printannière,
Pourquoi, nous qui souffrons, pas espérer en Dieu ?
Oh ! l'espoir, vois-tu bien ! c'est là toute la vie;
C'est lui qui nous console en nos jours de chagrin,
Qui nous tend pour marcher sa main toujours amie....
Que je voudrais aussi qu'il te tendît sa main.

LES ASTRES.

—

Chantez pour le Seigneur, chantez, chantez encore,
Aquilons, océans, ô voix de l'univers !
Murmures de la nuit, murmures de l'aurore
Chantez ! je viens m'unir à vos sacrés concerts.

C'est lui ! c'est le Seigneur, qui parsema l'espace
De ces poussiéres d'or à travers l'infini ;
C'est lui qui les créa, c'est lui qui les efface :
Soleils, mondes d'en-haut, qu'êtes-vous devant lui ?

Que suis-je, aussi, devant ces mondes de lumiére
Qui suivent sous sa main leur immórtelle loi ;
Oui, que suis-je, Seigneur ? — faible atôme éphémére
Qui s'agite un instant et veut monter à toi.

Roulez pourtant, soleils des voûtes éternelles !
Roulez, — vos derniers jours bientôt seront venus,
Alors, au vent des cieux livrant mes grandes ailes,
Je serai là, vivant, et vous ne serez plus !

Chantez pour le Seigneur ! chantez, chantez encore,
Aquilons, océans, ô voix de l'univers !
Murmures de la nuit, murmures de l'aurore
Chantez ! je viens m'unir à vos sacrés concerts.

L'AME ÉGARÉE.

—

Elle aimait un ange.

Or, comme je rêvais, voilà que de la nue
Une voix dans mon cœur errante est descendue ;
L'espace, l'air, les cieux, tout chantait à la fois :
C'était une harmonie infinie, éternelle ;
Puis le concert devint faible comme un bruit d'aile,
Et quand il eut cessé j'entendis cette voix :

« Ange qui me console, ange de ma prière.
» Ange qui dans mes nuits veille sur mon sommeil,
» Dis-moi pourquoi mon cœur a-t-il soif de lumière,
» Comme l'âme d'amour et la fleur de soleil ?

» Il n'est rien dans les cieux, par-delà les étoiles ;
» Rien dans ces mondes d'or qui gravitent sur moi,
» Rien dans cet océan, cet horizon sans voiles,
» Que je puisse, ô mon ange ! adorer tant que toi.

» Par tes traits bien-aimés, plus charmants que l'aurore ;
» Par ces soupirs d'amour qui sortent de mon cœur,
» Par ton dernier adieu, mon ange, je t'implore :
» Conduis-moi sous ton aile aux parvis du Seigneur. »

. . . .

Et puis le chant s'éloigne et se perd .. et s'achève :

. . . .

« Adieu, champs éternels ! adieu, sainte phalange !
» Pourtant on m'avait dit d'aller avec mon ange ;
» Que je m'envolerais au séjour immortel,
» Et que, comme mes sœurs, j'aurais de blanches ailes
» Pour parcourir l'espace et voler avec elles
   Dans les déserts du ciel.

» Adieu, champs éternels ! adieu, l'heure est venue ;
» Le soleil va venir et monter dans la nue !
» Adieu, brises du ciel qui baisiez mes cheveux,
» Vents qui me caressiez dans la voûte infinie !
» Adieu ! L'on m'avait dit qu'aimer c'était ma vie :
   » J'aurais aimé les cieux. »

Et je sus que la voix que j'entendais en rêve,
C'était une pauvre âme égarée en la nuit.

Et l'ange du Seigneur alors me rendormit.

SUR LA TOMBE D'UN ENFANT.

Elle mourut hier entre sa mère et nous.

Dors, ton premier sommeil, ton sommeil d'innocence !
Dors, ton sommeil de tombe et ton sommeil d'enfance,
Sous les fleurs de ton lit, le sommeil est si doux.

Ce qui l'a fait mourir, c'est la ronde joyeuse,
C'est le rire enfantin et les joyeux ébats.
Elle était tout enfant; elle était toute heureuse,
Marchons tout doucement et ne l'éveillons pas.

DÉLIRE.

—

AU R. P. DE L.....

—

Ils sont brisés, les traits de ta vengeance !
Que mes accents montent vers toi, Seigneur !
Merci, mon Dieu.....: tu me rends l'innocence ;
Tu m'as rendu la paix et le bonheur.

Oh ! prête-moi la lyre de tes anges ;
Donne à mon cœur un fibre pour sentir ;
Enlève-moi de ces mondes de fanges :
Seigneur ! Seigneur ! Seigneur, fais-moi mourir.

Vole, vole où ton Dieu t'appelle,
O mon âme ! réveille-toi ;
Laisse se déployer ton aile,
Et dans ton vol emporte-moi.
Comme l'aigle, enfant du tonnerre,
S'élance au séjour de lumière
Et fend le nuage de feu,
Rempli de l'amour qui m'inonde,
Enfin je vais quitter ce monde
Et m'envoler à toi, mon Dieu !...

Mais qu'ai-je dit, Seigneur ? — Ah ! je croyais encore
Qu'un ange m'emportait à ton divin séjour ;
Je croyais contempler ton éternelle aurore,
Et déjà m'enivrer à tes sources d'amour.

Oh ! bénis-le , mon Dieu, celui qui dans mon âme
Enfanta cet espoir et cet amour divin ;
Oh ! garde-le toujours , ce prêtre au cœur de flamme ;
Comme un fils bien-aimé, conduis-le par la main.

Oui , garde-le, Seigneur, sous ta main paternelle ;
Garde-le pour tarir les pleurs des malheureux ;
Puis, quand la mort viendra, le cachant sous ton aile ,
Endors-le doucement pour l'éveiller aux Cieux.

Il sera là, toujours, ton souvenir, mon père ,
Dans mes jours de bonheur, dans mes jours de chagrin ;
Comme un guide fidèle en cette vie amère ,
Il sera là, toujours, veillant sur mon chemin.

Hélas ! peut-être..., un jour..., seul errant dans le monde,
Sans soutien , sans amis , comme sans avenir,
M'abîmant en secret dans ma douleur profonde ,
Tu seras là peut-être encor pour me bénir.

TOURTERELLE.

Douce et gentille tourterelle,
Charmant petit oiseau des bois ;
Oh ! viens, viens me prêter ton aile
Et me donner ta douce voix.

Que cherches-tu quand tu t'élève
Vers le palais des bienheureux ?
Quand le vend du nord te soulève
Et puis t'emporte vers les cieux ?

Est-ce une étoile, un beau nuage
Qui passe dans le ciel vermeil ;
Ou bien un oiseau de passage
Qui se rapproche du soleil ?

Est-ce une patrie inconnue ?
Est-ce un autre printemps sans fin ?
Est-ce une étoile disparue ?
Est-ce un monde entrevu bien loin ?

Certes, sans doute, tu l'admire
Ce soleil et ce grand ciel bleu ;
Mais dis-moi donc ce qui t'attire
Si haut vers le trône de Dieu ?

Tu n'as point d'âme, tourterelle,
Pour l'aimer tu n'as point de cœur ;
Point assez de force en ton aile
Pour t'envoler jusqu'au Seigneur.

———

Je pars. — J'ai demandé l'autre jour à mon père,
Loin d'ici, loin de tous, un nid plus solitaire ;
Un petit nid bien seul, bien caché sous les toits,
D'où je puisse d'en haut voir partout à la fois ;
Ouïr dans la cité toutes ces voix étranges
Que Sodôme entendit quand vinrent les deux anges ;
Voir l'horizon rougir et sous la main de Dieu
S'étendre sur Paris le nuage de feu.

———

STANCES.

—

A MA SŒUR.

—

Oh ! toi qui la revis à son heure dernière
Lever encor sur toi ses mains pour te bénir,
Oh ! dis-moi quelques mots, quelques mots de ma mère,
    Toi qui la vis mourir.

Toi qui suivis plus tard le convoi funéraire,
Qui répandis l'eau sainte à l'entour du cercueil,
Toi qui vis se fermer les planches de la bière
    Sous les longs draps du deuil.

Dis, — ne sentis-tu pas en cette heure cruelle,
Où la mort éteignit ce qui restait d'amour,
Ton âme se mourir..... et partir avec elle
    A l'immortel séjour !

Sœur, — Toi qui la revis à son heure dernière
Lever encor sur toi ses mains pour te bénir ;
Oh ! dis-moi quelques mots, quelques mots de ma mère
    Toi qui l'as vu mourir.

MUSE.

—

Muse, t'en souvient-il, aux jours de ma jeunesse,
Ta main n'avait jamais qu'amour et que caresse ;
Tu m'apprenais ton art dans un rithme divin ;
Tu me cachais le monde avec tes saintes ailes :
Tes inspirations étaient douces et belles,
     Et venaient d'un monde bien loin....

C'était le rêve. — Un jour, en accordant ma lyre,
La corde se brisa, la corde du délire ;
Elle resta muette un moment...... puis soudain
Elle vibra : c'était une autre poésie.
Poésie inconnue, ardente, où le génie
     Avait comme des sons d'airain.

Qu'importe ces rumeurs et ces chutes de trônes,
Laissons tous ces géants essayer leurs couronnes ;
Laissons toutes couleurs flotter sur les drapeaux :
Laissons les oiseaux nains aux aires paternelles,
Usurpateurs déjà, battre leurs jeunes ailes.
Qu'importe..... laissons-les, les aiglons sont éclos.

ESPÉRANCE.

Daigne écouter les sons de ma harpe sonore,
Apaise ton courroux, — ne frappe plus, mon Dieu !
Vers toi, vers le grand ciel je veux voler encore ;
Oh ! rends-moi mes accords et mes ailes de feu.

Non, — tu n'as pas voulu qu'égaré dans ce monde
L'homme voyant son but maudit l'humanité,
Et détournant ses yeux de cette boue immonde
Reprit son libre essor vers son éternité.

Dans ce monde d'exil tu lui traças sa route ;
Tu lui dis : — « Marche au but où te conduit ma main.
Espère en ma puissance ! homme, ta vie est courte,
Il est un long repos au terme du chemin. »

Espérer ! espérer !... . Ah ! l'espérance est belle
Quand l'âme est sans ennuis, quand le cœur est heureux ;
Mais, dites-moi, Seigneur, l'oiseau qui n'a plus d'aile
Peut-il quitter son nid et voler vers les cieux ?

Ah ! rendez-les-moi donc ces accords, ce délire,
Ces parfums qu'apportaient les doux zéphyrs du soir,
Et ma sainte innocence et mon joyeux sourire,
Rendez-les-moi, Seigneur ! et je vivrai d'espoir.

Oh ! qui n'a fait de loin son beau château d'Espagne ?
Qui n'a vu sa couronne à son mât de cocagne ?
Qui n'a dans un essain de douces visions
Un moment voltigé dans leurs frais tourbillons ?
Et dans des lieux nouveaux les ailes égarées
Suivi jusqu'en leur ciel ces vierges adorées ?
Oui ! — tout homme a son rêve infini, radieux,
Son rêve qui le suit et qui le fait heureux !
Qui lui verse l'oubli sur les douleurs passées
Et prend en s'envolant ses mauvaises pensées.

LA FIN DU CONTE DE GRAND-PAPA.

—

. . . .
. . . . Or, enfant, voilà qu'un dimanche,
Paul avait déjà bien grandi ;
Voilà qu'un soir, en robe blanche,
En chapeau de paille fleuri,
Passe une jeune damoiselle ;
On dit que c'était la plus belle
De toutes celles d'alentour,
Et que voyant le petit Paule,
Elle lui dit douce parole
Et lui donna baiser d'amour.

Je t'ai dit, je crois, que Marie
Etait son nom comme le tien.
Jamais petit Paul, dans sa vie
N'eût si peur, mais il ne dit rien ;
Jamais de douce main de femme
N'avait touché sa main d'enfant ;
Jamais rêve de belle dame
Ne l'avait caressé dormant.

La belle le comprit. Aimante,
Elle lui dit : « Pauvre petit !
Veux-tu de moi pour ton amante? »
Et le petit Paul la suivit
Jusque dans un château gothique,
Plein d'armes et de boucliers,
De lys et d'écussons antiques,
De dames et de chevaliers.

Le lendemain, la douce fée
Lui dit encore, mais bien bas :
« Veux-tu de moi pour fiancée? »
Et l'enfant ne répondit pas ;
Il n'osait. — Mais fête nouvelle
Se prépara dans le château :
Dame devint la damoiselle,
Et doux époux le damoiseau.

AH ! VOUS VOULEZ SAVOIR.....

—

Ah ! vous voulez savoir pourquoi mes pauvres chants
Vont aller s'effeuiller comme des fleurs aux vents ?
Pourquoi je vais chanter ma douce poésie ?
Essayer sans talent la route du génie ?
Pourquoi je vais aller aux pages d'un journal
Confier tous les chants de mon pays natal ?
C'est que je sais, là-bas, brune et toute gentille,
Toute mignonne encore et toute jeune fille,
Une enfant qui mettrait sa tête dans sa main
Si je signais mon nom dans le journal, demain :
Car on s'aime souvent, même dans l'innocence,
Et les plus vrais amours sont les amours d'enfance.

. . . .

Quel bonheur ! si demain, si demain en lisant
Elle allait retrouver un souvenir d'enfant !

SI DIEU.... .

—

Si Dieu me faisait fleur jolie,
Rose d'un bois, bluet d'un champ,
Je ne voudrais être cueillie
Que par des petits doigts d'enfant.
Je voudrais qu'une jeune fille
Me mît en bouquet sur son cœur,
Et de mon nid, sous sa mantille,
La faire aussi petite fleur.

A TOI.

—

Quand je souffre et que rien ne vient me soutenir,
Quand j'essaie à mon luth ma corde d'harmonie
Et que rien ne répond !.... Alors mon âme plie,
Et j'ai besoin de toi pour parler d'avenir.

Oui ! J'ai besoin de toi : Car j'ai perdu ma route ;
L'étoile que j'avais s'est éteinte là-bas,
Et je n'ai plus de cœur, plus d'âme qui m'écoute,
Plus de rêves de Dieu, le soir, quand je suis las.

Le soir !.... Quand je veux lire une page bénie ;
Quand je me dis que Dieu, que Dieu veille sur nous,
Je sens là, près de moi, le démon qui m'épie,
Et je n'ose !.... Et j'ai peur de me mettre à genoux !

Car, quand on est tombé, pauvre ami, la prière,
Ce seul chant pur du cœur qui nous console un peu,
Comme un aiglon blessé qui remonte à son aire,
A son essor bien lourd pour remonter à Dieu.

A UN OISEAU.

—

Pauvre petit ! seul, sans ombrage,
A peine, hélas ! vois-tu le jour
Percer les barreaux de ta cage
Et ranimer ton chant d'amour.
Et quand une main étrangère
T'apporte ta miette de pain,
Croyant encor que c'est ta mère
Tu t'élances sur cette main ;
Puis, reprenant ton vol sauvage,
Je te vois porter en ta cage,
Tout triste, ce qu'on t'a donné,
Et puis confondre ta parure
Aux flots ondoyants de verdure
Dont ton palais est couronné.

Comme toi, j'ai quitté l'ombrage,
Et comme toi, petit oiseau,
J'ai vu s'écouler mon jeune âge
Et l'amour pur de mon berceau ;
Comme toi, mon aile est captive ;
Comme toi, ma voix est craintive :
J'ai bu l'amertume et le fiel !
Mais tous les deux, dans la souffrance,
Nous avons gardé l'espérance :
Toi du bocage et moi du ciel.

———

AU PEUPLE.

—

Peuple ! qui te l'a dit que tu ne mourrais pas ?
On te jette à présent bien des fleurs sous les pas.....
On te laisse essayer, libre, bien des folies ;
Libre, tu touches tout.... gloires et infamies....
Tes maîtres en valets te servent au festin !
On croit que c'est ton tour : Attendons à demain.
Il y avait un jour, un jour aussi, dans Rome,
Où les grands s'abaissaient tous au niveau d'un homme :
Cet homme, — il n'était point César, Empereur, Roi....
.... C'était le condamné ! — Maître, si c'était toi ?

PREMIÈRE COMMUNION.

—

AU CURÉ DE ***.

—

Je voyais l'autre jour, autour des tables saintes,
— Un ange m'apportait les visions du ciel —
Tous vos petits enfants, recueillis et mains jointes,
Prier auprès de vous leur père universel.

Et je me dis : — « Seigneur! Seigneur! Dieu de clémence!
Tous ces petits enfants n'ont point fait mal encor;
Nul vice n'a touché, Seigneur, leur innocence;
Nul démon n'a souillé leurs belles ailes d'or.

Oh! gardez-les long-temps dans vos saintes phalanges,
Et faites qu'en passant aux sentiers d'ici-bas,
S'ils déchirent parfois, Seigneur, leurs robes d'anges,
Vous soyez encor là, veillant leurs faibles pas. » —

Et je sentais en moi naître tant de priéres
Pour eux, pour vous, pasteur que Dieu leur a choisi,
Pour toutes nos douleurs, pour toutes nos misères,
Que j'avais soif aussi comme eux d'être béni.

Oui! quand on a gardé ses croyances naïves,
Quand le doute n'a point sali toutes vos fois,
On aime à revenir, plus sérieux convives,
Avec tous ces enfants aux festins d'autrefois.

LE POÈTE.

—

Le poète?.... C'est tout. — C'est l'ange, le génie ;
C'est l'éclair dans la nue avec son harmonie ;
C'est l'écho de l'orage entre les monts déserts ;
C'est l'aigle qui s'ébat, libre, dans les tourmentes ;
C'est l'hydre-roi qui broie entre ses mains géantes
Les libertés, les lois, les trônes et les fers.

C'est le seul œuvre-roi. C'est l'effrayant problème ;
C'est ce qui pense, nie, doute, adore et blasphème :
C'est l'atôme pensant dans son rayon de feu ;
C'est le cri discordant que jette une tempête ;
C'est le point du fini où l'infini s'arrête,
L'être qui porte seul et double sur sa tête
Le stigmate de l'homme avec celui de Dieu.

C'est celui qui relève et fait à grands coups d'ailes
Germer des peuples nains, des libertés nouvelles,
Rend ses dieux oubliés au monde rajeuni,
Etouffe en l'embrassant l'émeute populaire ;
Puis, quand il a plané quelque temps sur la terre,
Reprend son grand vol d'ange à travers l'infini.

PRINTEMPS.

Quand j'ai bien travaillé mes livres tout le jour,
Je m'en vais dans les champs faire mon petit tour :
L'aubépine aux buissons est toute refleurie ;
Les sillons sont jaunis sous la moisson grandie ;
Dans l'herbe, à chaque pas, je foule quelque fleur ;
L'air est plein de chansons, d'oiseaux et de fraîcheur ;
Dans les prés, dans les bois on entend mille choses
Que se disent joyeux les souffles et les roses ;
Au seul bruit de mes pas s'envolent de leurs nids
Les mères qui couvaient leurs petits endormis.
. . . .
Et je vais à tout vent, jetant une harmonie,
Feuille à feuille effeuiller mes fleurs de poésie.

CONSEIL.

—

Ne va point seulette
Dans les bois, le soir !
Il est là..... qui guette.....
Sur son cheval noir.....

Le long des feuillées
Il erre sans bruit ;
Prend les mariées
Aux époux la nuit :
A chacune il pose
Sur sa lèvre rose
Son baiser maudit.

Le soir, à la porte,
Mon enfant, on dit
Qu'on voit blanche et morte
Son ombre qui fuit ;
Que dans la tourelle
On entend son aile
Passer à minuit.

On dit que sa bouche
Vous mord.... Oh ! terreur !
Que quand il vous touche,
Un ange au ciel meurt.
Son baiser vous damne ;
Et quand il prend l'âme,
Il suce le cœur.

Ne va plus seulette
Dans les bois, le soir ;
Il est là qui guette
Sur son cheval noir.

L'ANGE DES MORTS.

—

L'ENFANT.

Viens-tu des régions des roses?...
Viens-tu me dire de belles choses
Pendant mes rêves cette nuit...?
Viens-tu de la sainte phalange?...
Viens-tu du Ciel, beau petit ange,
Pour voler ainsi sur mon lit?

L'ANGE.

Je ne viens ni du Ciel, ni des phalanges saintes!
Je n'ai point de baisers : je n'ai que des étreintes
            Qui te feraient frémir.....
Je suis l'ange des morts!... Mes ailes sont deux flammes,
Et je vole la nuit à la chasse des âmes
            De ceux qui vont mourir.

L'ENFANT.

Mais tes ailes pourtant sont douces
Comme les brises et les mousses,
Comme à l'été les foins en fleurs ;
Et tes deux flammes, tes deux ailes,
Beau petit ange, sont plus belles
Que les écharpes de mes sœurs.
Tu dois savoir bien des prières,
Bien des histoires étrangères,
Comme m'en dit souvent maman.
Voilà l'étoile qui se lève :
Oh! dis-les-moi durant mon rêve...,
Ou tout-à l'heure en m'endormant!

L'ANGE.

Mon enfant, je ne sais ni conte, ni prière ;
Je suis l'ange des morts..... Je ne suis point ta mère ;
Mais viens dans mon pays, mais viens où je suis roi ;
Viens : je te conduirai dans mes mondes sans voiles,
A travers mes soleils, mes cieux et mes étoiles !
Mes anges te diront des contes mieux que moi.

L'ENFANT.

Oh ! quel bonheur ! Allons bien vite
Voir tes cieux et tes soleils d'or.
Mais j'ai mon aile si petite !
Pourrai-je suivre ton essor ?....
D'ailleurs, n'es-tu pas là ?.... Qu'importe ?
Mais il faut aussi que j'emporte,
Pour jouer là-haut, mes joujoux...,
Et que tu permette, ô mon ange !
De faire entrer dans ta phalange
Ma mère et mes sœurs avec nous.....

L'ANGE.

Non ; nous partirons seuls. Mais si tu te consoles,
Nous aurons tous pour toi d'enfantines paroles ;
Mes anges t'apprendront demain de jolis jeux !
Et puis tu reviendras, ange avec nous, fidèle,
Chercher bientôt ta mère et tes sœurs avec elle,
Pour les conduire aussi près de nous dans les Cieux.

On dit qu'on vit alors des choses inconnues.....
Un météore ardent illuminait les nues,
Brillantes de splendeur.
On dit même qu'on vit, aux voûtes éternelles,
Un bel ange d'en haut qui portait sur ses ailes
Un enfant au Seigneur.

CHANSONNETTE.

—

Rieuse et gentille,
Ton chemin faisant,
Passes, jeune fille,
Ta vie en chantant.
Douce est notre enfance,
Quand notre innocence
Nous garde en jouant.

Les gerbes dorées,
Au travers des champs,
Bercent, diaprées,
Leurs reflets changeants ;
Les mouches ailées
Couvrent par volées
Les fleurs étoilées
Des églantiers blancs ;

Les bois, les ombrages,
Les cieux, le printemps,
Les fleurs, les feuillages,
Les gazons naissants
T'offrent pour hommages
Leurs fraîches images
Et tous les ramages
Des oiseaux chantants.

—